Jean Graton

Michel Vaillant

Der Galeerensklave

Notizen zu Galeerensklave

Von Gerhard Förster, Jürgen Veile, Frank „Ben" Neubauer

Diese 35. Episode ist 1978 für den Koralle Verlag entstanden. Die Erstveröffentlichung erfolgte in ZACK 8-13 (1979), der Albennachdruck 1979. Der Band ist Michels Bruder Jean-Pierre gewidmet. Es ist von seinen Träumen und Hoffnungen die Rede, vor allem aber von Hektik und Stress – was kein Wunder ist, angesichts dessen, dass JP Firmenchef, Leiter der Entwicklungsabteilung und Rennleiter zugleich ist (in der Realität kaum vorstellbar). Der originalgetreue Titel Galeerensklave, der viel aussagekräftiger ist als jener der Koralle-Veröffentlichung (Ein Leben für die Formel 1), trifft hier nicht nur den Punkt, er beschreibt vermutlich auch die Stimmungslage von Jean Graton zu jener Zeit, stöhnte er doch mehrfach in Interviews über den Termindruck in der Koralle-Ära, als er eine Vaillant-Story nach der anderen produzierte und daneben noch Julie Wood.

Erwähnenswert ist bei dieser Episode, dass sich hier bereits eine Fusion mit der Reihe Julie Wood ankündigt. Jack „Indy" Wood wird als Ersatzfahrer für den verschollenen Steve Warson eingestellt. Seine Schwester Julie tritt dann erstmals in Band 41 Paris - Dakar auf den Plan.

Des weiteren soll noch eine Randbemerkung auf Comicseite 22 kommentiert werden: Graton erwähnt, dass die Zeiten vorbei sind, wo die Piloten nur des Ruhmes wegen Kopf und Kragen riskierten. Dezent streift er damit das von ihm tabuisierte Geldthema. Grundsätzlich hält Graton – dessen Rennbegeisterung aus einer idealistischen (aber gefährlichen) Zeit her rührt, in welcher den Fahrern nur geringe Mittel zur Verfügung standen – nicht viel von der Kommerzialisierung der Piloten (siehe Artikel in Album 23). Dieser Meinung ist übrigens auch Henri Vaillant in Band 65, als es um den hohen Preis beim Ultima Speedfight geht: „Ich finde es einfach unmoralisch, einem Sportler so eine Summe anzubieten, selbst wenn er der Beste auf der ganzen Welt ist."

Zum realen Renngeschehen

Die hier hautnah mit allen Mühen und Schwierigkeiten geschilderte Saison, ist jene von 1978, was man beispielsweise am Ferrari 312 T3 erkennt, der von Graton mehrfach treffend in Szene gesetzt wurde. In der Realität wurde Mario Andretti auf Lotus 79 Weltmeister. Lotus-Chef Colin Chapman hatte in seinen Wagen den genialen „Ground Effect" eingebaut, indem er den Unterboden wie das Flügelprofil eines Flugzeugs formte – nur gegensätzlich, so dass der Wagen keinen Auf- sondern einen Abtrieb bekam und damit spektakuläre Kurvengeschwindigkeiten erreichte.

Pierre Dieudonné (* 1947), der erste Pilot, der versucht, Steve Warson zu ersetzen, ist ein realer Fahrer aus Belgien, der allerdings eher in der Tourenwagenwelt zu Hause war. Hier konnte er auch seine größten Erfolge feiern: zwei Siege bei den 24 Stunden von Spa (1974 und 1975); 1976 wurde er Europameister. 1989 gelang ihm ein Klassensieg bei den 24 Stunden von Le Mans. Dieudonné wird in unserer Geschichte als jemand geschildert, der an seiner Aufgabe scheitert, was in der Vaillant-Serie bei realen Fahrern sonst nicht vorkommt. Doch da sein Metier nicht wirklich die F1 war, dürfte das kein Problem gewesen sein.

Was wissen wir über das Unternehmen Vaillante und wer schafft hier eigentlich an?

Anlässlich des Albenthemas werfen wir nun noch einen ausführlichen Blick auf die Firmengeschichte. Vaillante muss nach 1946 gegründet worden sein, denn in einer Shortstory, die in Michels Kindheit spielt (1), möchte Henri Vaillant den ersten von ihm kreierten Wagen auf dem Pariser Autosalon 1946 präsentieren. Er betreibt hier noch eine Hinterhofwerkstatt. 1957, als die Serie Michel Vaillant startet (zunächst erschienen fünf Kurzgeschichten), existiert bereits eine respektable Vaillante-Fabrik.

Jean-Pierre ist zunächst Ingenieur in der Forschungsabteilung und Rennfahrer wie sein Bruder, Vater Vaillant ist Direktor der Firma und Rennleiter. In der ersten Shortstory (2) ist er außerdem noch letztmalig als Vaillante-Pilot unterwegs (3). Im ersten Album spricht Henri Vaillant dann von „Tausenden von Arbeitern".

Die Eröffnungsszene von Album 10 zeigt das ausgedehnte Firmengelände.

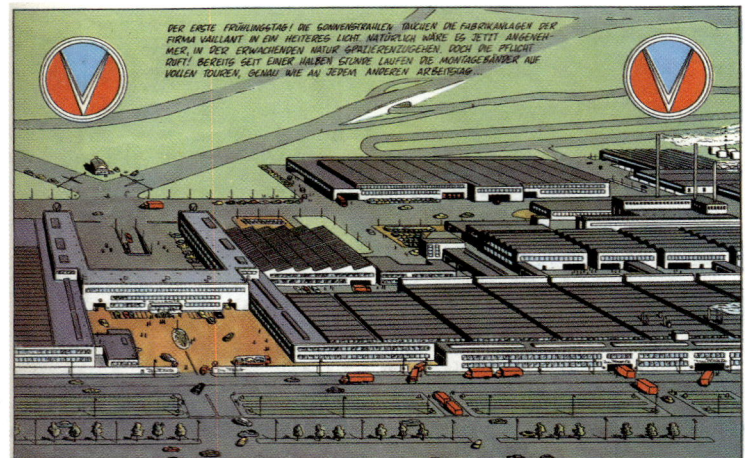

Album 3: Autofertigung 1959

Album 40: Autofertigung 1982

die vom Prestige der Firma abhängen, als er nach einer Rennniederlage im Betrieb ziemlich autoritär durchgreift (in späteren Bänden tritt er eher als brummiger Patriarch auf). Im zweiten Band scheint JP bereits Managerpflichten zu haben, im dritten sieht man ihn primär im Mechanikergewand bei Rennläufen. In der 5. Episode ist JP Ingenieur/Konstrukteur, aber auch Fahrer. Henri erklärt, dass dies zum letzten Mal der Fall ist und JP schon ans Aufhören dachte, seit er verheiratet ist. Im 7. Album hat JP den Chefsessel bei Vaillante übernommen und Henri den Großteil der Verantwortung abgegeben („Allerdings weiß man bei ihm nie, wie lange..."). Henri fährt nun Traktor auf dem Familiensitz La Jonquiere. In Band 8 leitet JP die Direktionssitzung und ist ganz offensichtlich der Chef. Fast erwartet (befürchtet?) nimmt Henri in Album 10 seinen Platz als Direktor wieder ein, JP ist allerdings gleichberechtigt mit ihm. Im weiteren Verlauf der Serie hat mal Henri, mal JP das Sagen. Die Entscheidung der Gleichberechtigung von Junior- und Seniorchef gab Jean Graton einen großen Spielraum. Wäre auch schade gewesen, wenn man Henri nur noch im Ruhestand gesehen hätte.

Lange Zeit stand nie im Zweifel, dass Vaillante eine der Top-Marken der Branche ist (Im 31. Band wird erwähnt, dass die Firma 80 000 Mitarbeiter hat). Ab Band 40 ist der krisensichere Status der Firma jedoch mehrmals gefährdet. In dieser Episode geht das Gerücht um, dass Vaillante von einem anderen Hersteller übernommen werden soll. Hier wird auch erstmals erwähnt, dass das Unternehmen eine Aktiengesellschaft ist. In Episode 46 versucht Ruth die Aktienmehrheit bei Vaillante zu übernehmen, um die Firma zu zerstören. In Album 62 ist Vaillante zu schlecht bei Kasse, um einen neuen, konkurrenzfähigen F1-Boliden zu entwickeln, weshalb JP einen Vertrag mit einem (wie sich herausstellt betrügerischen) Sponsor abschließt. In Band 65 beteiligt sich Vaillante am Ultima Speedfight, um das Image der Marke weiter zu verbessern. Dazu JP: „Das ist sogar zwingend notwendig. Wir verfügen nicht über die gleichen Mittel wie die Konkurrenten." Und in der Fortsetzung der Story in Album 66 sagt Henri zur Überraschung des Lesers: „Ohne einen klaren Sieg wäre Vaillante am Ende." Doch wirklich Sorgen brauchen wir uns um den Betrieb wohl nicht zu machen.

(1) Der Comic, der 1966 zum 20-jährigen Bestehen von Tintin erschienen ist, ist unter dem Titel Die erste Fahrt von Michel Vaillant im Comicfachmagazin Die Sprechblase Nr. 212 auf Deutsch abgedruckt worden. Diesem Onepager geht eine dort nicht veröffentlichte Seite voraus, die attraktive Wagen des Autosalons 1946 vorstellt.
(2) Abgedruckt in Die Sprechblase 211 (Nr. 211-216 und 223 enthalten Beiträge zur Serie).
(3) Henris Renntätigkeit wird auch in den Alben 25 und 48 auf humorvolle Weise beleuchtet.

Mehr zu Michel Vaillant auf der Fansite www.michel-vaillant.de.

Szenario, Texte und Zeichnungen von Jean Graton.
Aus dem Französischen von Horst Berner.
Chefredaktion: Georg F.W. Tempel.
Herausgeber: Klaus D. Schleiter.
Druck: Holga Wende, Berlin.

Originaltitel:
Michel Vaillant – Le Galérien.
© DUPUIS 1980, by Graton (Jean)
www.dupuis.com
All rights reserved

Für die deutschsprachige Ausgabe:
© 2011 MOSAIK Steinchen für Steinchen Verlag
+ PROCOM Werbeagentur GmbH
Lindenallee 5, 14050 Berlin.
ISBN: 978-3-86462-005-8

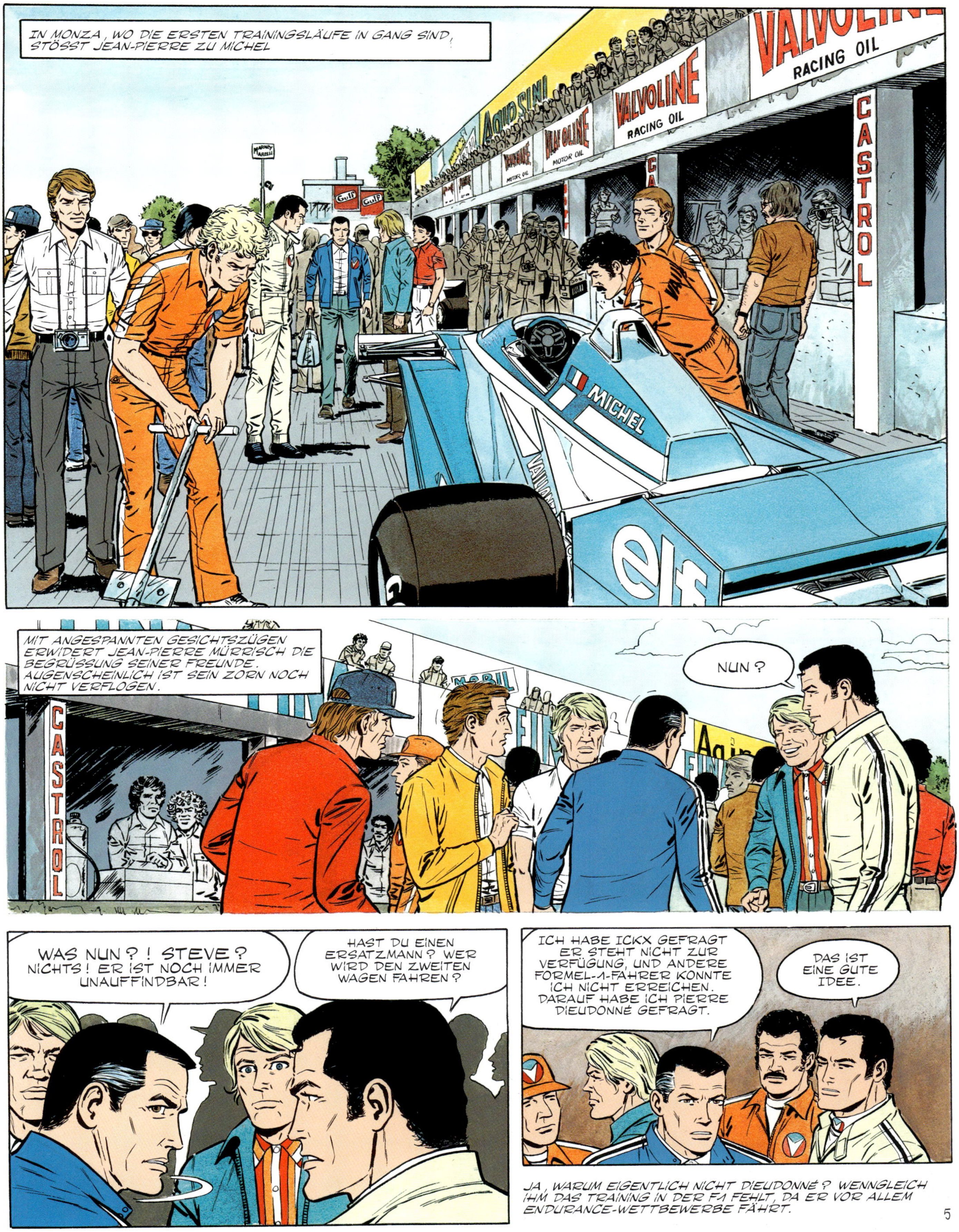

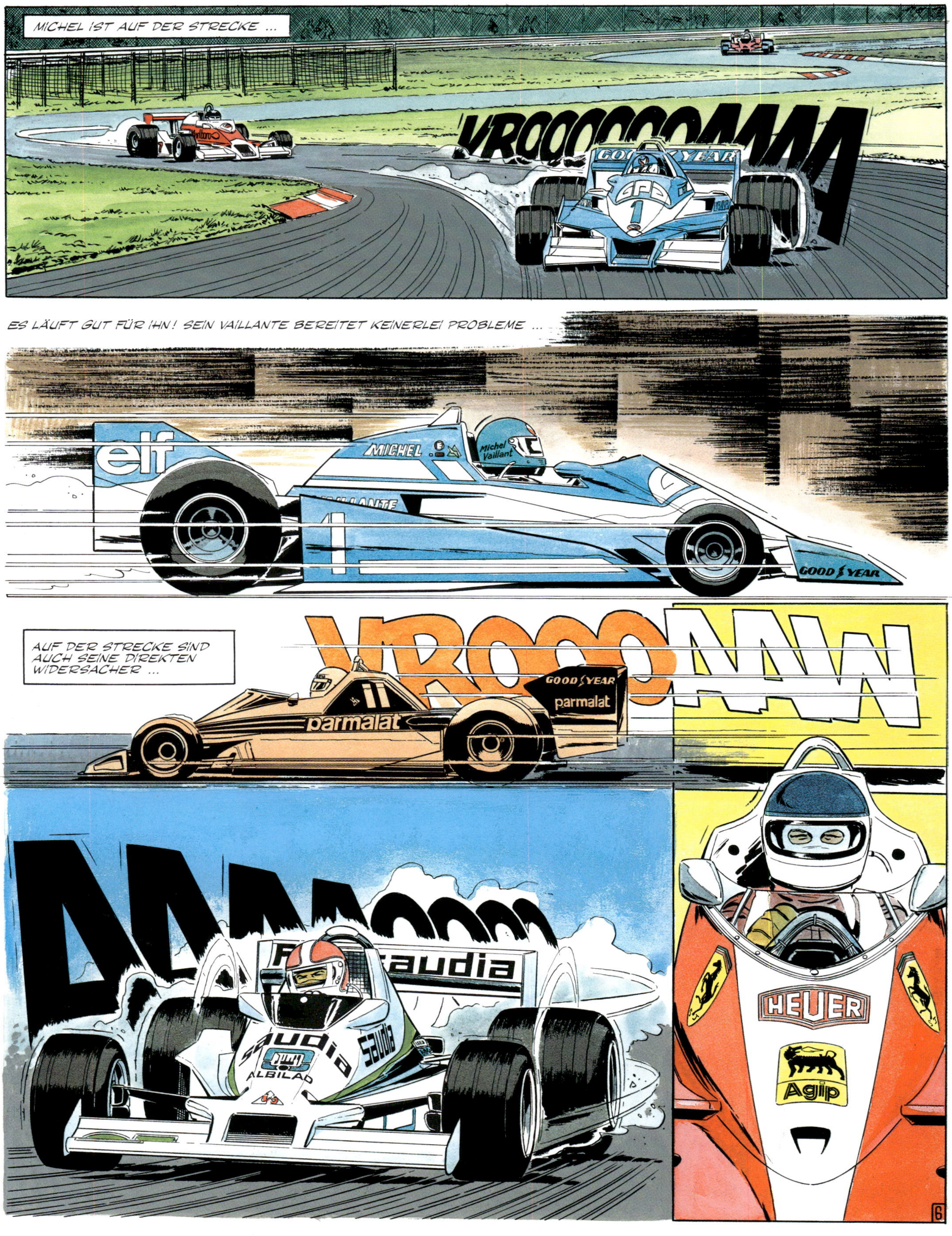

MICHEL IST AUF DER STRECKE ...

ES LÄUFT GUT FÜR IHN! SEIN VAILLANTE BEREITET KEINERLEI PROBLEME ...

AUF DER STRECKE SIND AUCH SEINE DIREKTEN WIDERSACHER ...

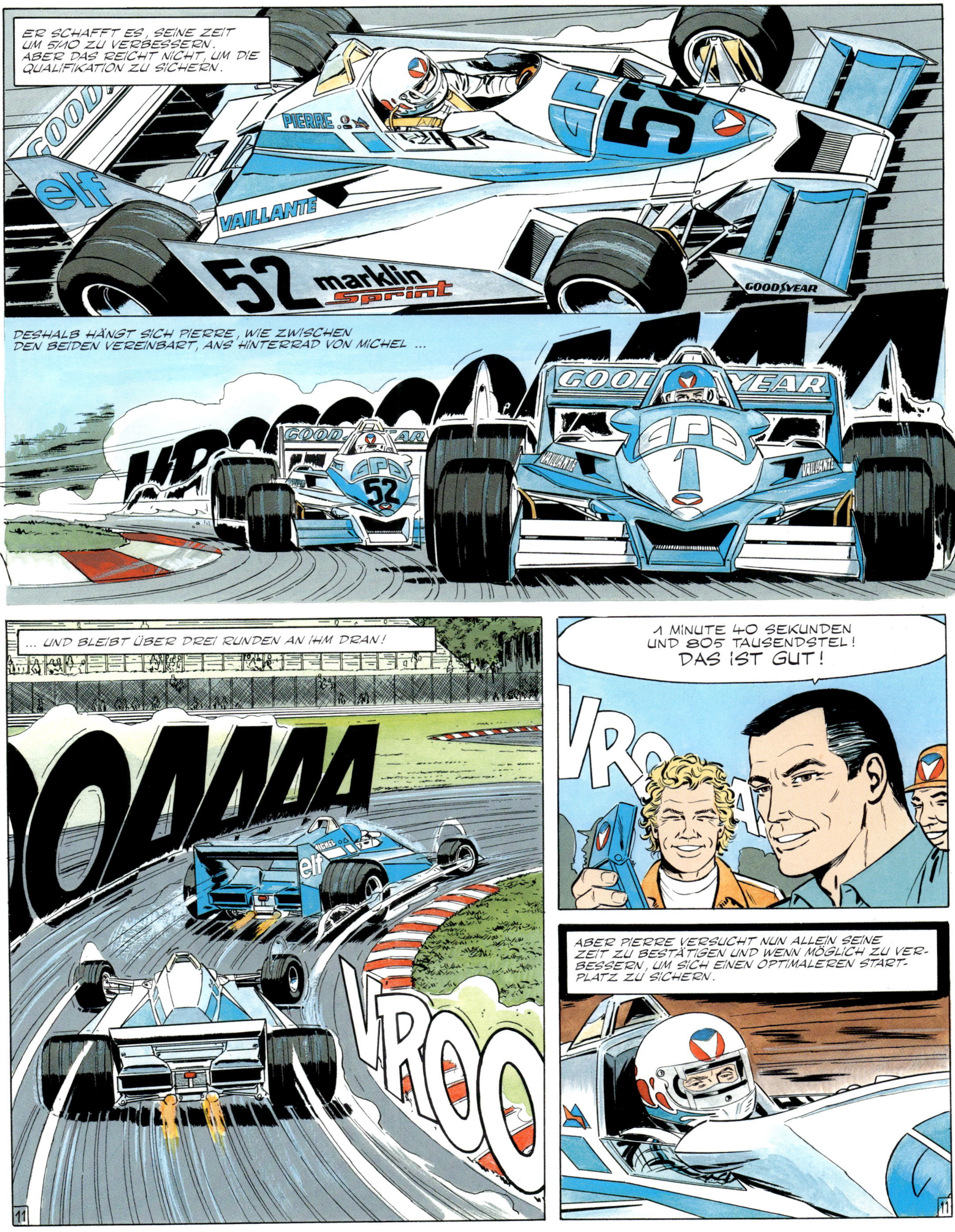

DER START ZU EINEM FASZINIERENDEN RENNEN REISST DIE BEGEISTERTEN ZUSCHAUER MIT, DENN IN MONZA ZÄHLEN AUCH DIE ZUSCHAUER ZUR GESCHICHTE DES AUTOMOBILRENNSPORTS.

DIE FANS, „TIFOSI", WIE SIE GENANNT WERDEN, MÖCHTEN NUR EINES SEHEN, DASS EINER DER ITALIENISCHEN WAGEN ODER EIN ITALIENISCHER PILOT GEWINNT.

UND DA IM MOMENT EIN FERRARI AN DER SPITZE LIEGT, IST DER JUBEL AUF DEN TRIBÜNEN GROSS.

GENAUSO WIE AN UNGEWÖHNLICHEREN STELLEN.

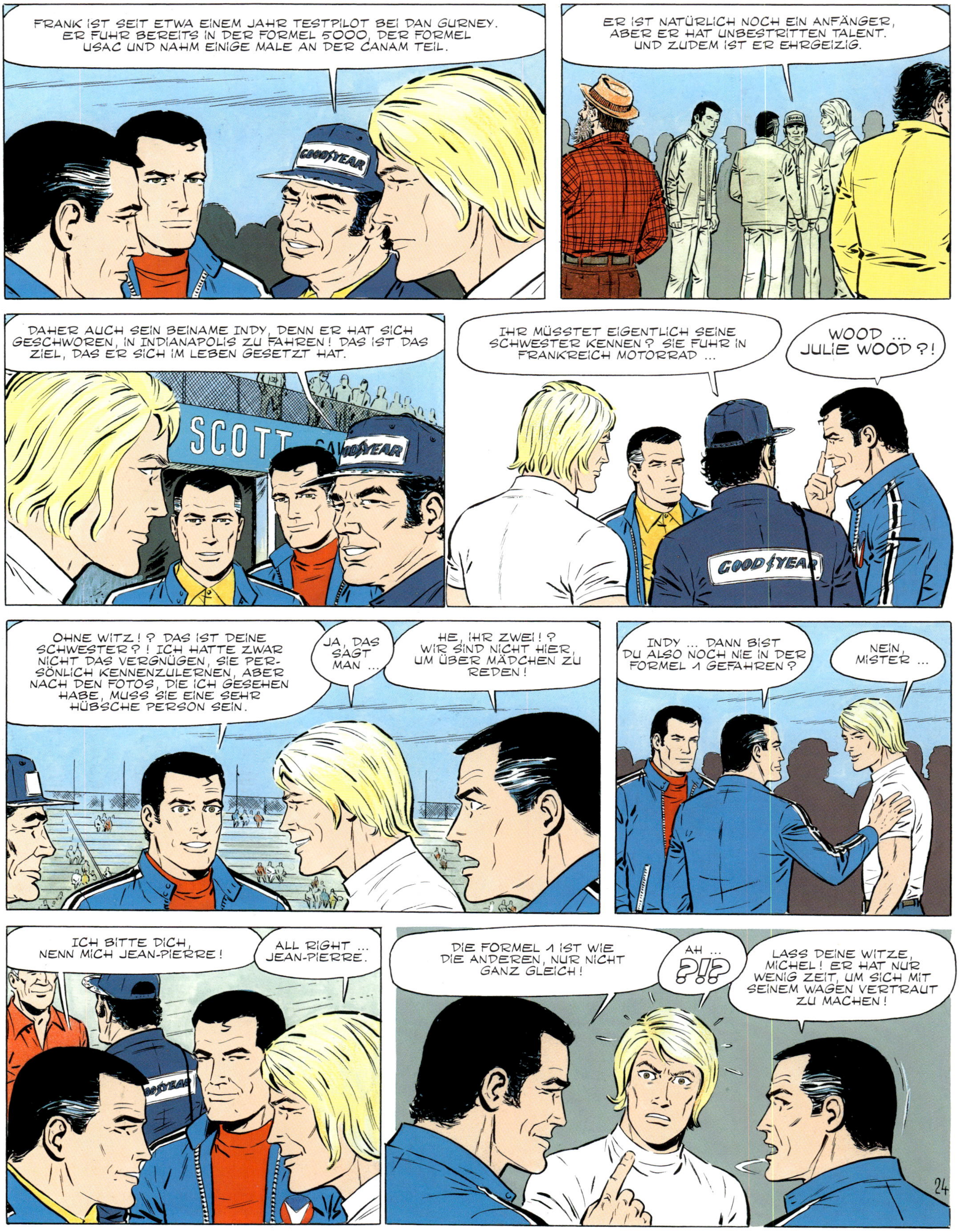

INDY HATTE RECHT MIT SEINER BEFÜRCHTUNG! KURZ NACH DEM START LIEGT ER AN LETZTER STELLE DES FELDES!

WÄHREND VORNEWEG DIE STARS DAS WEITE SUCHEN ...

... MIT MICHEL AN ZWEITER POSITION!

MICHEL WEHRT SICH MIT ALLEN KRÄFTEN!

... ABER ER GEWINNT NICHT!

NIKI LAUDA HOLT DEN SIEG ...

... VOR IHM UND REUTEMANN!

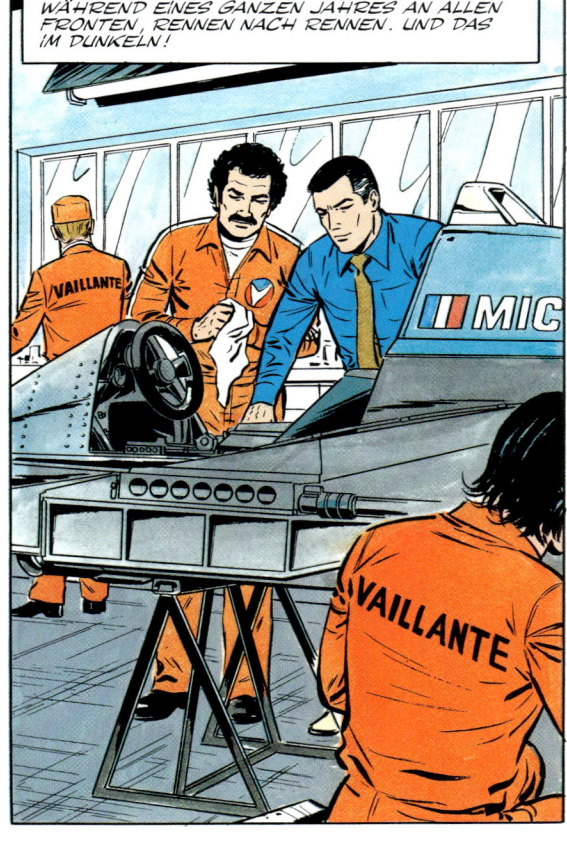

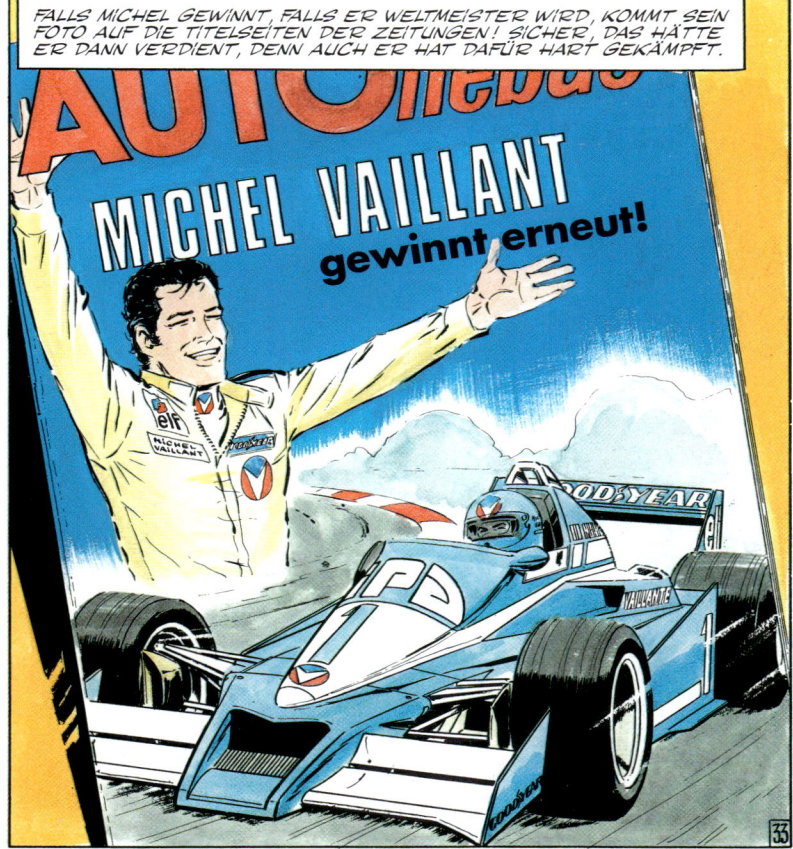

REUTEMANN IST ENTSCHLOSSEN ZU GEWINNEN. VOM START WEG SETZT ER SICH ZWAR NICHT AN DIE SPITZE, JEDOCH AUF DEN ZWEITEN PLATZ HINTER SEINEN TEAMGEFÄHRTEN VILLENEUVE.

DER JUNGE KANADIER GILLES VILLENEUVE WÜRDE HIER VOR EIGENEM PUBLIKUM ZU GERN GEWINNEN, DOCH ER MUSS FÜR DEN BESSER PLATZIERTEN CARLOS REUTEMANN FAHREN, DAMIT DER DEN TITEL HOLT!

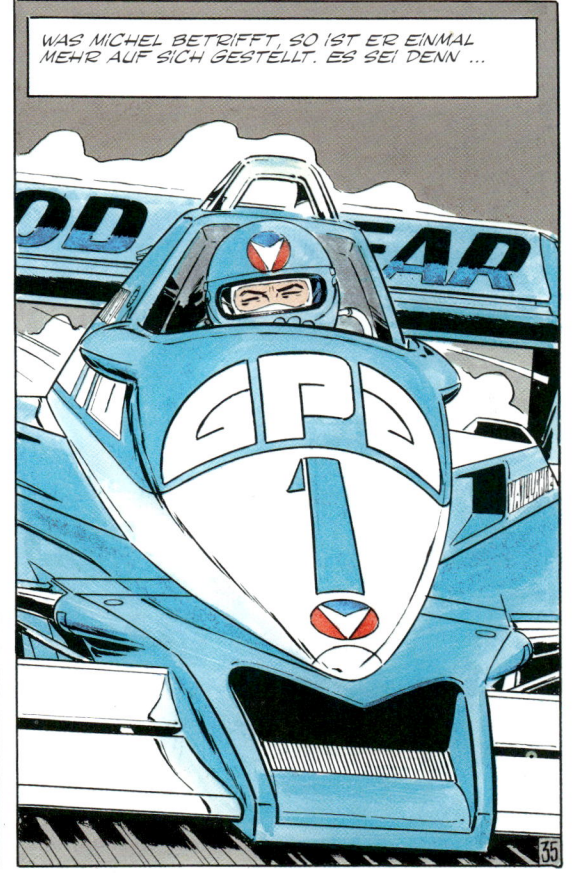

WAS MICHEL BETRIFFT, SO IST ER EINMAL MEHR AUF SICH GESTELLT. ES SEI DENN ...

ER BELEGT DEN DRITTEN PLATZ UND BEHÄLT SEINE BEIDEN GEGNER IM AUGE. ES SCHEINT, ALS WÄRE IM RENNEN ABWARTEN ANGESAGT, ABER ...

... WEIL BEI DEM TEMPO WOMÖGLICH DAS RISIKO DES EINSCHLAFENS ZU GROSS WAR, SCHIESST EIN FAHRER VOR ...

... ER ZIEHT AUSSEN VORBEI UND SETZT SICH SELBSTBEWUSST AN DIE SPITZE!

ES IST FRANK „INDY" WOOD! MICHEL TRAUT SEINEN AUGEN NICHT!! INDY GREIFT AN! JETZT SCHON!!

KROOOAAA

NACHDEM DIE ERSTE ÜBERRASCHUNG VORBEI IST, ZUCKEN REUTEMANN UND VILLENEUVE NUR MIT DEN SCHULTERN, SOWEIT DAS DIE ENG ANSITZENDEN SICHERHEITSANZÜGE ZULASSEN!

WAS FÄLLT DIESEM JUNGEN ANGEBER EIN?! WAHRSCHEINLICH WILL ER SICH AUF DEM BILDSCHIRM IM FERNSEHEN ZEIGEN?! BEI DEM TEMPO KOMMT ER NICHT WEIT! SEIN DREHZAHLMESSER MUSS WEIT IM ROTEN BEREICH SEIN!?!

WENN DAS DIE STALLORDER VON JEAN-PIERRE VAILLANT IST?!!

WOOOAAWOOOAA KRO

DOCH DER JUNGE ANGEBER SETZT SICH AB... UND REUTEMANN STELLT SICH FRAGEN!

— OBWOHL ER DAVON ÜBERZEUGT IST, DASS DER ANDERE KAPUTTGEHEN WIRD, DARF ER IHN EINFACH SO DAVONFAHREN LASSEN?! ANGENOMMEN, ER SCHAFFT ES DOCH!!

DIESES RISIKO KANN REUTEMANN NICHT EINGEHEN.

ICH BRAUCHE UNBEDINGT DEN ERSTEN PLATZ, WENN ICH VAILLANT DEN TITEL WEGSCHNAPPEN WILL!

MICHEL HÄNGT SICH AN DEN ARGENTINIER UND WARTET AB...

... UND VILLENEUVE, VOR REUTEMANN, WARTET EBENFALLS AUF DESSEN REAKTION.

REUTEMANN HAT SICH ENTSCHIEDEN. ER ÜBERHOLT VILLENEUVE UND MACHT SICH AN DIE VERFOLGUNG VON INDY WOOD!

NACH DER HÄLFTE DES RENNENS LIEGT DER VORSPRUNG VON INDY BEI 5 SEKUNDEN!

DAS PUBLIKUM WITTERT DIE SENSATION UND FEUERT DEN JUNGEN AMERIKANER BEGEISTERT AN...

AN SEINER BOX BLEIBT JEAN-PIERRE UNBEWEGT...

HATTE ICH RECHT?! ODER UNRECHT? JEDENFALLS BESITZT DIESER INDY EINE SIEGERMENTALITÄT!

AN SEINEM STEUER MACHT SICH MICHEL SORGEN ÜBER DEN RÜCKSTAND, DEN ER AUF REUTEMANN HAT, ABER ER BEFOLGT DIE ORDER SEINES BRUDERS...

DA GEHT'S UM ALLES ODER NICHTS! ABER JEAN-PIERRE SPIELT MIT DEM FEUER!

JA, INDY SPIELT DEN SCHRITTMACHER UND ZWINGT REUTEMANN ZUR ATTACKE! WENN INDY AUSFÄLLT, IST DAS UNERHEBLICH!

VROOOAR VROOAAOW ROOOAAAW

WENN ABER REUTEMANN AUSFÄLLT, HAT MICHEL GEWONNEN!

ABER DIE MECHANIK HÄLT, UND INDY GIBT ALLES!

ER IST SCHWEISSGEBADET, HÄLT ABER DURCH! TROTZ ALLER BEMÜHUNGEN MUSS ER DENNOCH MIT ANSEHEN, WIE REUTEMANN ZU IHM AUFHOLT ...

JEDE KURVE WIRD AM LIMIT DER BODENHAFTUNG GENOMMEN ...

BEI DEM TEMPO WERDEN DIE REIFEN BALD HINÜBER SEIN!

ABER DIE REIFEN HALTEN!

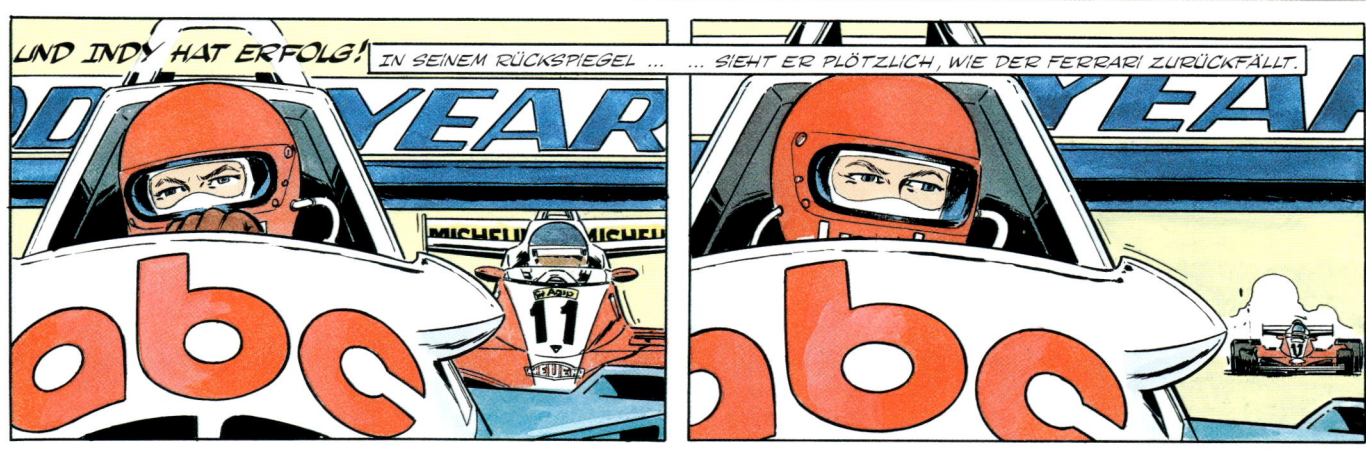

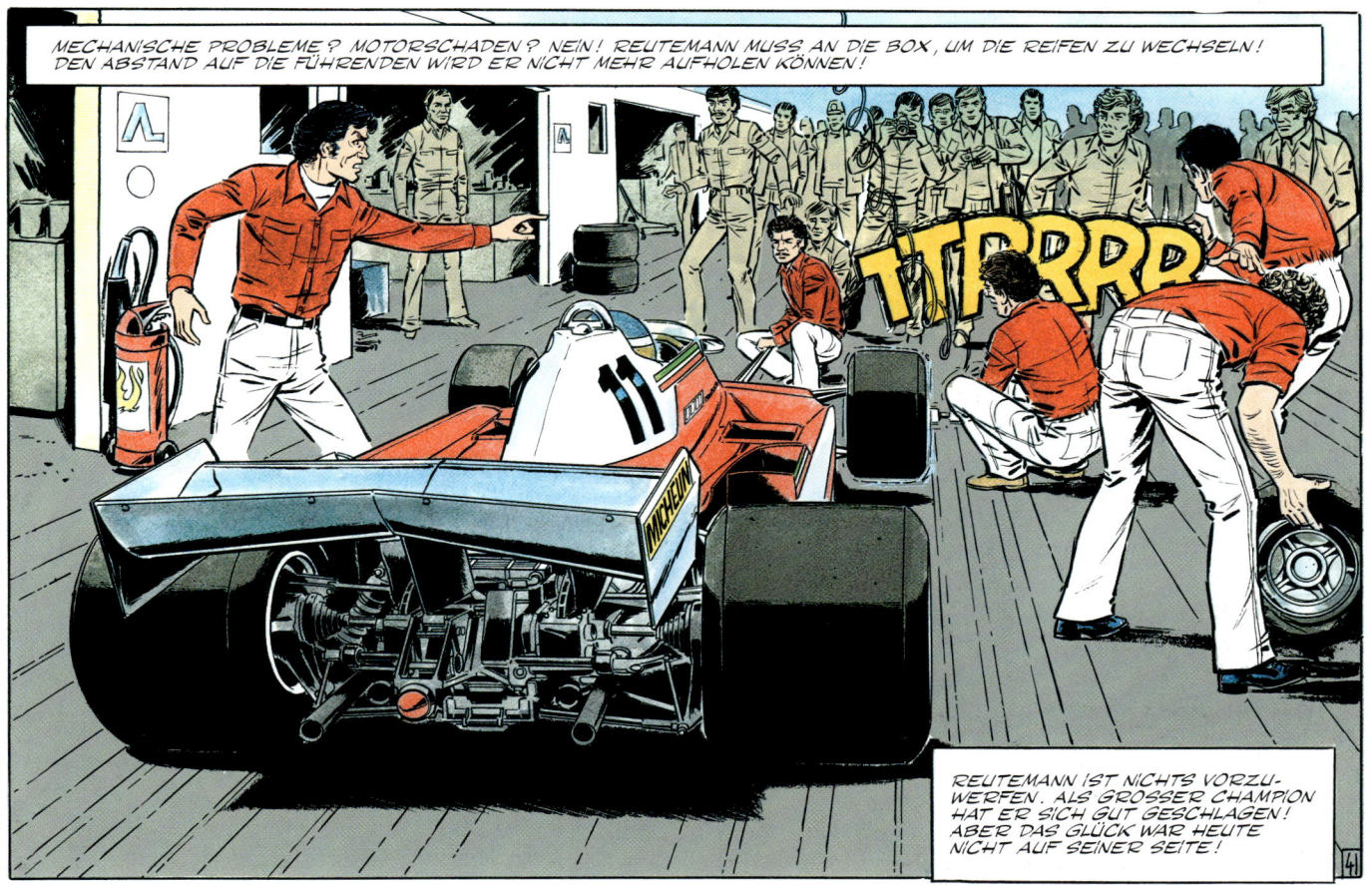

... DER VAILLANTE HÄLT! ... INDY HÄLT DURCH!

ROOAAAA

UND INDY HAT ERFOLG!

IN SEINEM RÜCKSPIEGEL ...

... SIEHT ER PLÖTZLICH, WIE DER FERRARI ZURÜCKFÄLLT.

MECHANISCHE PROBLEME? MOTORSCHADEN? NEIN! REUTEMANN MUSS AN DIE BOX, UM DIE REIFEN ZU WECHSELN! DEN ABSTAND AUF DIE FÜHRENDEN WIRD ER NICHT MEHR AUFHOLEN KÖNNEN!

TTRRRR

REUTEMANN IST NICHTS VORZUWERFEN. ALS GROSSER CHAMPION HAT ER SICH GUT GESCHLAGEN! ABER DAS GLÜCK WAR HEUTE NICHT AUF SEINER SEITE!

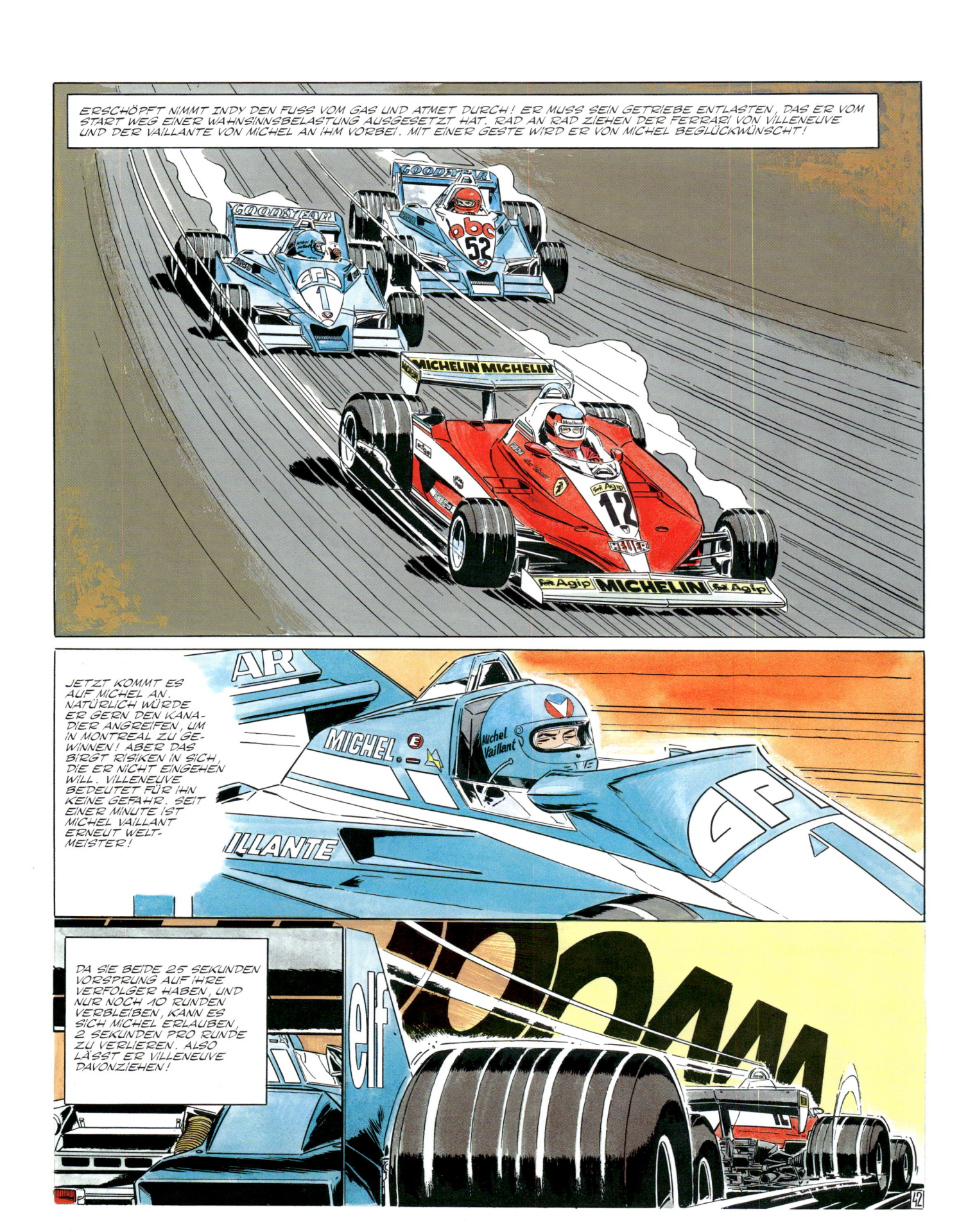

ERSCHÖPFT NIMMT INDY DEN FUSS VOM GAS UND ATMET DURCH! ER MUSS SEIN GETRIEBE ENTLASTEN, DAS ER VOM START WEG EINER WAHNSINNSBELASTUNG AUSGESETZT HAT. RAD AN RAD ZIEHEN DER FERRARI VON VILLENEUVE UND DER VAILLANTE VON MICHEL AN IHM VORBEI. MIT EINER GESTE WIRD ER VON MICHEL BEGLÜCKWÜNSCHT!

JETZT KOMMT ES AUF MICHEL AN. NATÜRLICH WÜRDE ER GERN DEN KANADIER ANGREIFEN, UM IN MONTREAL ZU GEWINNEN! ABER DAS BIRGT RISIKEN IN SICH, DIE ER NICHT EINGEHEN WILL. VILLENEUVE BEDEUTET FÜR IHN KEINE GEFAHR. SEIT EINER MINUTE IST MICHEL VAILLANT ERNEUT WELTMEISTER!

DA SIE BEIDE 25 SEKUNDEN VORSPRUNG AUF IHRE VERFOLGER HABEN, UND NUR NOCH 10 RUNDEN VERBLEIBEN, KANN ES SICH MICHEL ERLAUBEN, 2 SEKUNDEN PRO RUNDE ZU VERLIEREN. ALSO LÄSST ER VILLENEUVE DAVONZIEHEN!

DER ABSTAND WIRD GRÖSSER ... UND HINTER MICHEL WIRD AUFGESCHLOSSEN!

ER MUSS NUR NOCH DEPAILLER IM AUGE BEHALTEN, DER GERN ANGREIFEN WÜRDE ...

MICHEL VAILLANT WIRD ZWEITER HINTER DEM FRENETISCH BEJUBELTEN VILLENEUVE!

INDY WIRD SIEBTER. REIFENPROBLEME ZWANGEN IHN, LANGSAMER UND AUF SICHERHEIT ZU FAHREN.

GUT GEMACHT, JEAN-PIERRE! NIEMAND HAT AN IHREN SCHRITTMACHER GEGLAUBT.

ICH GEBE ZU, ICH GLAUBTE SELBST NICHT DARAN! ICH HABE GEBLUFFT, UND ES GING GUT!

INDY IST GLÜCKLICH. ER HAT SEINEN VERTRAG ERFÜLLT.

BRAVO UND DANKE! STEVE HÄTTE ES NICHT BESSER MACHEN KÖNNEN. DAN HATTE RECHT: DU BIST EIN ECHTES JUWEL MIT TALENT.

DABEI HATTE ICH ANGST ZU VERSAGEN ... SIE HABEN MIR IM LETZTEN MOMENT EINE GEWICHTIGE ROLLE ZUGEWIESEN ...

HÄTTE ICH DICH LANGE VOR DEM START DARUM GEBETEN, WÄRST DU NERVÖS GEWORDEN! DU HAST DICH WACKER GESCHLAGEN!

ICH HABE GETAN, WAS ICH KONNTE ... UND ICH WEISS, DASS ICH NOCH GROSSE FORTSCHRITTE MACHEN MUSS. AUF JEDEN FALL HABE ICH MIT EUCH VIEL DAZU GELERNT!

ES KANN GUT SEIN, DASS WIR DIR WEITERHIN DINGE BEIBRINGEN WERDEN ... ICH REDE MAL MIT DAN DARÜBER! ALSO, VIELLEICHT BIS BALD, FRANK „INDY" WOOD!

ZWEI TAGE SPÄTER ...
ICH BIN FROH, VALÉRIE, WIEDER HIER ZU SEIN!
GEHT'S GUT, MONSIEUR?
MIR GEHT'S WUNDERBAR, VALÉRIE! MICHEL IST WELTMEISTER, WIR HABEN EIN NEUES TALENT ENTDECKT, UND DAS WETTER IST SCHÖN! ICH GLAUBE, ICH WERDE EIN PAAR TAGE AUSSPANNEN. AM SEE VON ANNECY SOLL ES IN DIESER JAHRESZEIT SEHR MILD SEIN ...
GANZ BESTIMMT, MONSIEUR ... NUR ... HMM ...
WAS, HMM?!
ALSO ...
ALSO ... IHR VATER HAT FÜR ALLE VERTRAGSHÄNDLER EIN SEMINAR ANGESETZT UND BITTET SIE, ES ZU LEITEN. DANN VERGESSEN SIE NICHT, DASS SIE AM DONNERSTAG EINEN TERMIN BEI IHREM ARZT FÜR EINEN GESUNDHEITSCHECK HABEN ...
DEN DÜRFEN SIE NICHT VERPASSEN.
AUSSERDEM LIESS DIE ENTWICKLUNGSABTEILUNG MITTEILEN, DASS ES PROBLEME GIBT MIT DER NEUEN ELEKTRONISCHEN EINSPRITZUNG, UND SIE HOFFEN, DASS SIE IHNEN DA BEHILFLICH SEIN KÖNNEN ... ACH, DAS HABE ICH GANZ VERGESSEN: IM MOMENT ...
45

... WARTET IN MEINEM BÜRO EINE DELEGATION DER GEWERKSCHAFT MIT EINER LANGEN LISTE VON FORDERUNGEN. AUSSERDEM HATTEN SIE ANRUFE AUS DETROIT, AMSTERDAM, TOKIO, MELBOURNE, PEKING UND ...

IST IHNEN NICHT GUT, M'SIEUR JEAN-PIERRE ?!?

MIT AM RUDER SITZEN AUSSERDEM:
JEAN GRATON
CLOVIS
CHRISTIAN LIPPENS
JUAN CASTILLA
Und Land ist nicht in Sicht!